FRANÇOIS ÉMILE

AMERTUMES

ET

PAIN NOIR

SIÉGE DE PARIS 1870-1871

Prix : 50 centimes.

PARIS

LIBRAIRIE INTERNATIONALE
A. LACROIX, VERBOECKHOVEN ET Cie, ÉDITEURS
15, boulevard Montmartre et faubourg Montmartre, 13
MÊME MAISON A BRUXELLES, A LEIPZIG ET A LIVOURNE

1871

Y

AMERTUMES

ET

PAIN NOIR

Paris. — Imp. Voitelain et C°, rue Jean-Jacques-Rousseau, 61

FRANÇOIS ÉMILE

AMERTUMES

ET

PAIN NOIR

SIÉGE DE PARIS 1870-1871

PARIS

LIBRAIRIE INTERNATIONALE

A. LACROIX, VERBOECKHOVEN ET Cie, Editeurs

15, boulevard Montmartre et faubourg Montmartre, 13

MÊME MAISON A BRUXELLES, A LEIPZIG ET A LIVOURNE

—

1871

AMERTUMES ET PAIN NOIR

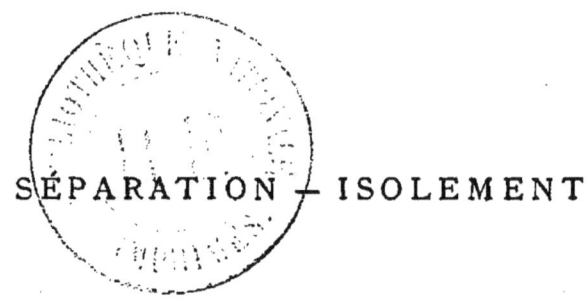

SÉPARATION — ISOLEMENT

Que j'aurai donc de choses à te dire,
Ma bien aimée, au jour, oh! quel qu'il soit
Pour la patrie, ou moins mauvais ou pire,
Au jour où là, dans ce petit endroit,
Notre foyer, qui, depuis deux mois vide,
S'étonne, lui qu'on voyait toujours clair,
O mon étoile! ô mon ciel! mon Égide!
Je te verrai reparaître et parler!...

Je te dirai : J'étais là seul et triste,
Et j'écoutais... la pendule qui bat,
Et bat, et bat, sèche et morne choriste...
L'huile qui brûle... un grouillement de rat...

Mon souffle... un meuble au craquement sonore...
La dent d'un ver qui ronge un vieux bois, là...
J'écoutais tout... et... j'écoutais encore...
Car il manquait un bruit à tout cela...

Je te dirai : J'étais là... seul, si triste !...
Je regardais... Portes, meubles et murs,
Plus que le mien, jamais œil d'archiviste
N'avait pesé sur eux... Muets, obscurs,
Ils avaient l'air bêtes à ne pas croire...
Et toujours plus je cherchais çà et là...
Et mon regard plongeait dans l'ombre noire...
Car il manquait son âme à tout cela.

Et puis mon cœur, du fond de son alcôve,
Effaré, blême, arrivait à son tour
A sa fenêtre, ainsi qu'un oiseau fauve,
Qui scrute l'ombre, et, dans son noir séjour
N'entendant rien, jette à l'espace louche
Un cri plaintif dont geint l'écho du lieu.
Il venait mettre un soupir à ma bouche :
« O ma Marie, où donc es-tu ? Mon Dieu ! »

Quand reviendront nos douces causeries
  Du soir ? Babil d'enfant
    Que j'aime tant,
  Et que mes oreilles ravies
  Voudraient ouïr et jours et nuits,...
  Mais surtout du soir à l'aurore !...
  Je m'endors en disant : « Et puis... »
  Je m'éveille en disant : « Encore. »

Cause, cause, oiseau du taillis...
De ton plus beau ramage,
Des sons les plus discrets, de ton bec rejaillis,
Remplis l'ombre du bocage.
Ah ! je t'écoute avec tant de plaisir !
Ne finis pas. — Et toi, ma voix ailée,
Comme l'oiseau, cause pour me ravir.
Ta voix aussi charmerait la vallée !...

22 novembre, minuit.

L'INVESTISSEMENT

Ah! qu'ils sont longs, les jours de siége!...
Ces jours qu'on voit venir après
La défaite, sombre cortége!...
Quand l'ennemi, fier du succès,
Par villes, et champs, et forêts,
Qu'il foule et pille avec audace,
Arrive, s'élargit, enlace
De ses longs rangs vos murs, Français!

Lorsque des campagnes la foule,
Que chasse la folle terreur,
Partout aux portes pousse, houle,
Flot montant, flot envahisseur
D'hommes, de choses et de bêtes...
Lorsque vite, de toutes parts,
On coupe aux grands arbres leurs têtes,
Qu'on coure en armes aux remparts...

Quand pour sortir nulle porte ne s'ouvre...
Quand tout s'arrête en la grande cité...

Qu'au lieu de bruits la rue au loin se couvre
D'un long murmure, ombreux et chuchotté...
Quand aux murs sourds une voix sacrilége
Seule s'entend, la voix des noirs canons...
O mes enfants !... sachez-le... c'est le siége !...
Les jours de siége... hélas !... ils sont bien longs !...

26 novembre.

LE DÉPART

Clairons, sonnez... Vos éclatantes notes
Ne vibrent pas... Allons !... prenez l'accord...
Entendez-vous ? Tous ces cœurs patriotes...
Ils vibrent... eux... Allons... sonnez plus fort !
      C'est la guerre !
Elle a passé ses mains dans ses cheveux...
Ils flottent, étendard ; et la foule aux grands yeux
      Court derrière.

L'été fut chaud... Tes champs ont soif, ô terre !
Au lieu de pluie, ils vont boire du sang !...
Peuples, allons, puisqu'il vous faut la guerre,
Taillez, frappez, et que l'épée au flanc
      Ne s'arrête !...
Qu'il saigne !... — O glèbe... assouvis ta soif, bois...
Avec le sang de leurs peuples les rois
      Te font fête !...

Hélas ! j'ai vu, ce soir du vingt juillet,
Où de la lutte émanait le décret,
La lune à l'horizon monter large et sanglante...
Ah ! de mon souvenir, Lune, sois donc absente !

Sur notre fond d'azur, emblême national,
Deux taches m'ont paru qui m'ont aussi fait mal.
Te les dirai-je, ô peuple ?... Aux soldats, les dirai-je,
Ces braves jeunes gens dont l'immense cortége
Au combat comme au feu marchait avec gaîté ?...
Peuple... tu ricanais... sans nulle dignité !...
Vous aviez bu, soldats !... Ici la débandade,
Sale... les gamins, là... comme une mascarade !!! —
J'en ai rougi, rugi... — Triste d'un tel début :
« Dieu, » me suis-je écrié, « Grand Dieu, veille au salut ! »

14 décembre.

Pendant dix jours la grande capitale
Ne fut qu'un bruit immense, universel,
De bataillons marchant sans intervalle,
Avec canons et tout leur matériel.
L'eau bouillonnait incessamment aux gares ;
Aigres sifflets, et long roulement sourd
Des trains partants et des vastes bagares ;
Et puis... l'attente, au pas si lent et lourd !...

L'ATTENTE

L'attente!... oh! la pénible chose!
Ironie amère, et pourtant
Irrétorquable, qui se pose
A notre face à chaque instant
Entre les ailes de notre âme
Et le lourd poids de notre corps!...
Avoir la mer... et pas la rame,
Pour passer là, jusqu'à ces bords!...

Être enfermé dans sa personne,
Comme en un muids cerclé de fer!...
Du cercle qui nous emprisonne,
Sur le dehors n'avoir d'ouvert
Qu'un œil-de-bœuf à courte vue,
Incapable de contrôler
Les bruits qui viennent de la rue
A tout instant nous harceler!...

Les bruits, adultérins et de père et de mère,
Venant on ne sait d'où, race ailée éphémère...

Caméléons flottants, marquant blanc, marquant noir,
Maigres, puis gros, petits bientôt à n'y rien voir,
Satellites blafards d'un céleste Saturne,
L'étoile au vaste orbite, au parcours taciturne,
Qu'on cherche dans la nuit et qu'on craint de trouver,
De la nouvelle vraie à l'anxieux lever!...

On cherche, on va, l'on vient, on guette.
Nez haut, tout oreilles, tout yeux...
Rien au loin!... Vaste horreur muette!...
Et, dans l'intérieur fiévreux,
Tout est branle-bas ou tempête...
Tout à la mer... rien sur le pont.
Le front bout... le souffle s'arrête...
Le cœur bat!... Il bat; mais... vit-on?

LES PIGEONS

O vous, oiseaux faits pour l'amour,
Pour l'amour tendre et non stérile,
Dont le chant dit aurore et jour,
Et qui, sur le pignon de tuile,
Bec dans bec, emblématisez
Et la patrie et la famille,
Pigeons, messagers irisés,
De l'immortalité recevez l'estampille !

Doux êtres !... A vos nids si chers
On vous prend. Et par une voie
Que vous ignorez dans les airs,
Bien haut, bien loin, on vous charroie.
Chargés d'un pli que fixe un lien
A votre plume la plus forte,
On vous livre au souffle aérien,
Et l'on vous dit : « Allez, regagnez votre porte. »

Quel que tu sois, génie ou Dieu,
Qui les guides dans le voyage,

Protége-les ! Car plus d'un lieu
Peut se trouver sur leur passage
Cachant un ennemi. Sauvés,
Ils vont, ils vont à tire d'aile ;...
Et bientôt au nid arrivés,
Ils livrent leur dépôt. Bravo ! c'est la nouvelle !...

Nouvelle à quelque chef d'État !...
D'un coup sérieux, signal peut-être !
Peut-être quelque concordat,
Qui, du long siége, nous dépêtre !
Nouvelle à sa mère d'un fils !
Des chers enfants et de la femme,
Bon père, à toi quelques avis !
A vous qui soupirez, Rose, un soupir de l'âme !

Dans vos longs parcours, ô pigeons !
Combien de fois battènt vos ailes?
Mais que de cœurs en nos maisons
Battent encor, battent plus qu'elles !
Chers amis, si vous le saviez,
Vous dont la gorge est si jolie,
Comme vous vous rengorgeriez
Dans votre gorge ronde à la plume polie !

Oiseaux sacrés ! le rameau vert
Qui marquait la fin du déluge,
Par vous un jour fut découvert.
Du flot dégradant, où combuge
Depuis cinq mois mon sol défait,
Ah ! d'un signe, amis, pressez l'aile,

Annoncez vite le retrait !...
Et soyez immortels dans ma France immortelle !...

Et vous, qui loin les emportez
Dans vos ballons, vous, de la science
Religieux Croyants, montez !
Vous qui livrez avec confiance
Vos jours aux infaillibles lois,
Que suit en marche la nature,
Montez !... Fidèle à vos exploits,
Monte, monte avec vous la gloire grande et pure !...

O vous, pigeons aimés, au moins,
Au moins vous êtes véridiques.
Par vous, confiés à vos soins,
Les faits arrivent authentiques !
Mais les hommes !... un avant tout !...
Comme ils mentent !... Et quelle audace !
Il nous disait vainqueurs partout,
Et de Sedan, le lâche ! il savait la préface !...

27 décembre.

DÉSILLUSION — ESPOIR

Oui, parfois je me prends à croire
Que c'est un rêve !... O mon pays !...
Ma France !... Couronne de gloire !...
Tes départements envahis,
Envahis après une suite
D'échecs sans un retour vainqueur !
En deux mois, où, de fuite en fuite,
Te voilà, refoulée au cœur !...

Qui pourra dans le monde y croire,
Même parmi tes ennemis ?...
On connaît ta brillante histoire,
Vaste terrain, fécond semis
Des faits que choisit la victoire
Pour mettre aux arcs triomphateurs.
O France ! qui donc pourrait croire
A ces incroyables erreurs ?...

Eh bien ! mon rêve se dissipe,
Et j'y crois ; car autre jamais

Ne fut la guerre en son principe,
Quand elle vint chez nous, Français,
Même aux vieux jours de notre Gaule...
Romains, Goths, Huns, Normands, Anglais,
Prussiens... vinrent à tour de rôle,
Vainqueurs d'abord, et puis défaits.

C'est que sur ton sol, ô ma France,
L'homme est beaucoup comme ton ciel,
Gai, bleu, charmant, tout d'espérance,
Sans rien de noir. Pétrir le fiel,
Mûrir la guerre, aiguiser l'arme,
Surveiller ou craindre un voisin...
Jamais ! Et vienne un jour d'alarme :
« Eh bien? » dit-il au noir destin.

Et puis ce jour venu, jour sombre,
D'où l'ennemi, comme d'un bois,
Sort, assassin caché dans l'ombre,
Le vaillant cœur, il fonce !... O lois
Implacables de la puissance !
Il tombe. Mais il s'aperçoit
Du péril de son imprudence...
Debout, armé, le voici, droit !...

Ah! fuis, fuis bien vite, Vandale,
Toi qui déjà serrais son cou.
L'heure pourrait t'être fatale.
Il marche, il court, et si le coup
Qu'il te porte touche, ô vipère !
Ah! c'est fini de toi ; jamais,

Jamais ton immonde repaire
Ne te verra rentrer en paix...

Et mon pays de sa souillure
Se lavera devant nos yeux,
Des pieds jusques à la ceinture,
Et de la ceinture aux cheveux.
Et, tressaillante, notre France,
Dans un embrassement sans nom,
Remercîra de leur vaillance
Tous ses enfants, vivants ou non!...

3 décembre 1870.

CAUSES

Et qui fit donc naître la guerre?...
Deux chefs : un Empereur, un Roi.
L'un, dans la guerre espérant taire
De ses budgets le désarroi;
L'autre, y menant, en homme habile,
Pour les miner sans les vexer,
Trois peuples voisins, qu'à sa file
Il voulait ensuite annexer.

Deux chefs, deux têtes couronnées!...
Qui, pour leurs stupides passions,
Traînent aux guerres forcenées
Leurs malheureuses nations!
O rois, qu'est-ce donc que vous êtes?
Quel coin du ciel vous fit ces droits?...
Peuples! que vous êtes donc bêtes
D'avoir encor besoin des rois?...

L'annexeur... ô le fin compère!
Savait l'embarras du premier,
Et de son peuple l'humeur fière,
Toujours prête à guerroyer.

Il se prépara; puis fit bruire
Sourdement l'insulte dans l'air.
L'insulté bondit; et l'Empire,
Avec bonheur, saisit le fer.

Ainsi, c'est nous qui l'avons déclarée,
La guerre?... Hypocrite! imposteur!
Vieillard fauve! tête carrée!
Tu l'oses dire!... Et ta candeur
Des Cabinets est acceptée!...
Et si le sang coule aux égouts,
Si l'Europe est épouvantée,
Dis-le, ô roi, la faute est à nous?...

9 décembre.

Europe! Europe plate et lâche,
Qui vois d'un œil indifférent
L'injuste ainsi suivre sa tâche,
Quelle pitié pour toi me prend!...
C'est un crime, cela, ma chère,
Et tu le paîras, certe, un jour.
Tu te gardes?... C'est son affaire,
Au Double-Bec. Puis, à ton tour!...

12 décembre.

DÉFAITE

Sarrebruck... Dérision !... O France,
Tu battais des mains... Et, tout près,
Satan, riant de ta confiance,
Sur ta tête tenait tout prêts
Les jours néfastes qu'on appelle
Wissembourg, Reischoffen, Forbach !
Puis vint Sedan, Metz la pucelle,
Paris qu'on rend ! Tout mis à sac !...

Paris pourtant, oh ! qu'on le sache,
Paris fut beau, beau comme un lion,
Qui, faisant face au danger, cache
Sous lui ses lionceaux, et tient bon...
Il n'envoya personne. Entrèrent
Ceux qui voulurent. A l'égal,
Pauvres et riches partagèrent
Aux palais pain noir et cheval.

De plainte, point. Mais la défense,
La noble lutte, les grands coups,

Et l'enthousiasme, et l'espérance :
C'était l'inspiration de tous,
Comme un ruisseau courant aux rues !
Partout l'école du soldat !...
Et, comme aux murs étaient courues
Les gardes, qu'il plût ou gelât !

Riche, pauvre, savant, manœuvre,
Maître, ouvrier, bourgeois, marchand,
Le pêle-mêle était à l'œuvre,
Dispos, actif, superbe, grand !...
Les usines partout chauffaient ;
Partout on faisait des canons,
Et les canons par cents sortaient,
Brillants d'éclat comme de noms.

O cœur de notre brave France !
Paris !... cher peuple valeureux ?
Oh ! si tes chefs. . . . .
. . . . Mais, le cœur rance
Et le front plat, les malheureux !
Sans souffle ils te carbonisèrent,
Au lieu d'aviver ton ardeur,
Et lâchement en arrivèrent
A te livrer, sauvant l'honneur !

Oui, dans cette ville, décidée
A tenir tête au krupp prussien,
De se plaindre, même l'idée
Ne parut !... Et pourtant !... combien

La privation, maigre et cruelle,
Variant sa forme et ses rigueurs,
A coups redoublés frappa-t-elle
De manière à briser les cœurs!...

On n'avait qu'un pain noir, mollasse,
Glutineux, de paille et de son,
Plein de débris où la mélasse
Paraissait faire la liaison;
Plus rien en viande ordinaire,
Ou porc, ou veau, mouton, ou bœuf;
Mais du cheval, la chair guerrière,
Par tête un gramme avec vingt-neuf!

A prix d'or on pouvait encore
Trouver un peu de lait sans goût,
Des œufs, quelque maigre pécore
De chien, de chat ou rat d'égout!
La verdure!... quelle était chère!
Deux francs étaient sur quelques bancs
Le prix d'une pomme de terre!
Un petit chou valait vingt francs!

Dans cet hiver, un des plus rudes,
On n'eut bientôt charbon ni bois.
Voleurs ou non, par habitudes,
Sans s'inquiéter de droits ou lois,
Aux chantiers, aux clos, aux clôtures,
Partout, hommes, femmes, enfants,
Pour se chauffer, en fournitures
Allaient, tous... mornes et méchants.

Et partout, aux places boisées,
La hache tranchait sous nos yeux!
Doyens de nos Champs-Élysées,
O vastes ormes, vous, si vieux,
Si respectables par votre âge
Et par les actes glorieux
Qu'a vus s'accomplir votre ombrage,
On vous coupa, vous, nos aïeux!

Croire, en effet, qu'un jour... sur elle
Cette allée... en travers... sentit
Tomber, comme une citadelle,
Sous les coups de quelque bandit
(Car pour cette œuvre il fallait l'homme),
Un de ces arbres, et puis deux...
Puis trois, et... qu'on n'osait en somme
Rien dire à tous ces malheureux!...

Puis une foule mate, affamée,
Femmes, vieillards, filles, garçons,
D'incroyables outils armée,
Se précipitait sur ces troncs,
Les dépeçait, et, par parcelle
Toute verte, les emportait,
Pour faire un feu dont l'étincelle
En brillant sans doute glaçait!

Cela se faisait sans rien dire
On était sombre, silencieux,
Pas un seul chant, pas un sourire;
C'était l'office religieux

Des morts!... Les débris sur la borne
Accusaient, comme un crime, à l'œil.
On sentait frémir dans l'air morne
L'ombre de la patrie en deuil!

Faute de pain mourait la mère!...
Faute de lait mourait l'enfant!...
Faute de bois, le bon vieux père
Mourait, le froid au cœur gagnant!
Horreur! Et rien, or ni prière,
Rien qui fît! Et, les yeux taris,
Ils attendaient l'heure dernière!...
O mères! ô fils!... ô maris!...

Fallait-il vouloir se défendre !
Cinq fois on sortit, pour calmer
Ce peuple, impatient d'attendre.
Vous êtes là pour proclamer
S'il se battit avec courage,
Lieux de Rueil, de Châtillon,
De l'Hay, du Bourget, de Joinville !
Pourquoi, vainqueurs, après l'action,
Toujours, ô chefs, rentrer en ville?

Et quand fut prête la défense,
Qu'on eût de toutes les douleurs
Expertisé l'âpre jouissance,
Et qu'au sérieux les trois couleurs

Et la citoyenne milice
Eurent droit de se prendre, là,
Un bruit singulier d'armistice,
De paix, de rançon, circula!...

Un armistice!... Et par derrière
(Lorraine, Alsace, pardonnez,
Sœurs, vous qu'on aime!) la frontière
Et trois villes que vous donnez,
L'occupation, la ruine immense!...
Mais les vivres étaient passés ;
Pousser plus loin la résistance,
Impossible!... c'était assez!

Ah! Chefs! c'était assez, sans doute,
Pour vous à qui vaincre eût gêné!
Vous étapiez une autre route;
Car la victoire eût sanctionné
Bien sûrement la République.
Et la République, Uhlans,
Ne promet à qui la pratique
Ni faveurs, ni gros traitements!...

Mais, insulté dans son courage,
Trompé, joué, désespéré,
Ce peuple, un moment dans sa rage,
Se tut... Et puis, exaspéré,

S'insurgea. — Passez, passez vite,
Oiseaux noirs, sans vous retourner!
Pour le dompter, Messieurs, ensuite
Il vous fallut l'assassiner!

Paris! quand de fleurs tu tapisses
Aux jours de mai tes moindres coins,
En ces jours-là tes frontispices,
Tes monuments, sur tous les points,
Virent sur eux, lugubre année!
Tomber de singulières fleurs!
De chair la pierre fut ornée,
Et les murs versèrent des pleurs!

Il faut donc croire que sur terre
Il est toujours un dieu jaloux
Qui ne se plait que dans la guerre,
Et veut, pour charmer son courroux,
Qu'on hache et qu'on tue à ses fêtes!
Et les sacrifices humains
Se font encor; — car vous en êtes,
Affreux jours, sanglants lendemains!...

Dieu? — Non... Comme un sphynx, l'égoïsme,
Assis aux portes des cités,
La dent dehors, avec cynisme,
Garde. . . . .

. . . . . Aux moindres velléités
D'un progrès, en brèche avec l'ordre,
Qui, survenant, a toujours tort,
Le chien, sans se borner à mordre,
Attrape, écorche, étrangle, tord !

Et maintenant le sacrifice
Est consommé... Dormez, ô Morts !
Le Prussien est vainqueur. Le vice,
O Vérité, sur ton beau corps
A fait estocade nouvelle.
O mon pays, recueille-toi.
A toi, France, l'arche immortelle !
Marche, — Dieu te protége, — Foi.

Septembre 1871.

LIBRAIRIE INTERNATIONALE

A. LACROIX, VERBOECHOVEN & Cie, Éditeurs

15, boulevard Montmortre et faubourg Montmartre, 13

NOUVEAUTÉS

ROMANS ET OUVRAGES DIVERS

en format grand in-18 jésus

Élie Berthet. —, La Peine de Mort. 1 vol.	3	50
— Drames de Cayenne. 1 vol.	3	50
— Bon vieux Temps. 1 vol.	3	50
— Démon de la Chasse. 1 vol.	3	50
Ém. Gonzalès. — La Fiancée de la Mer. 1 vol.	3	50
Bonnemère. — Louis Hubert. 1 vol.	3	»
— Curé vendéen. 1 vol.	3	»
— Les Déclassées. 1 vol.	3	»
— Roman de l'Avenir. 1 vol.	3	50
— La Vendée en 1793. 1 vol.	3	50
Deulin. — Contes d'un Buveur de bière. 1 vol.	3	50
Audiganne. — Économie de la Paix. 1 vol.	3	50
Parodi. — Le Dernier des Papes. 1 vol.	3	50
M. d'Héricourt. — La Femme affranchie. 2 vol.	7	»
Pontécoulant. — Les Phénomènes de la Musique. 1 v.	2	»
Poulin. — Religion et Socialisme. 1 vol.	3	50
Proth. — Au pays de l'Astrée. 1 vol.	3	50
Auerbach. — Au Village et à la Cour. 2 vol.	7	
Garcin. — Léonie. 1 vol.	3	»
— Charlotte. 1 vol.	3	50
Aurélien Scholl. — Nouveaux Mystères de Paris. 3 v.	10	50
Paul Saunière. — Le roi Misère. 1 vol.	3	50
Mlle Royer. — Jumeaux d'Hellas. 2 vol.	8	»

De Séménow. — Les Mauvais Maris. 1 vol. 3 50
— Une Femme du monde. 1 vol. . . . 3 50
— La Confession d'un Poëte. 1 vol. . 3 50
Collins. — Économie politique. 3 vol. 10 50
***. — Dialogues extravagants. 1 vol. 3 50
De Bussy. — Indiscrétions d'un Touriste. 1 vol. . . . 3 50
Baillet. — Force des États. 1 vol. 3 50
Dubosch. — Chine contemporaine. 2 vol. . . . . . . 7 »
Froebel. — A travers l'Amérique. 3 vol. 10 50
Trollope. — Petite Maison d'Allington. 2 vol. . . . . 7 »
Duprat. — Les Encyclopédistes. 1 vol. . . . . 2 »
Saint-Alcspol. — Vingt et un mois de vie monastique. 1v. 2 50
Larroque. — Examen critique. 2 vol. . . . . 7 »
— Rénovation religieuse. 1 vol. 3 50
— La Guerre. 1 vol. 3 50
— L'Esclavage. 1 vol. . . . . 3 »
Bianchi Giovini. — Fra Paolo Sarpi. 2 vol. . . . . . 7 »
Xavier Eyma. — Récits et Légendes du Nouveau
Monde. 2 vol. . . . . 7 »
Pessard. — Année parlementaire. 1 vol. 3 50
Clerc Villemagne. — La Voix du Sang. 1 vol. . . . 3 »
J. Levallois. — L'Année d'un Ermite. 1 vol. 3 50
Cheri-Marian. — Les Va-nu-Pieds. 1 vol. . . . . . . 3 »
Jules Labbé. — La Conscience. 1 vol 3 50
Poulenc. — Rimes de Pétrarque. 4 vol. . . . . 14 »
Seingerleit. — Banques populaires. 1 vol. 3 50
Martine. — Législation anglaise. 1 vol. 3 50
Gérard. — Zootechnie. 1 vol. . . . . 3 »
Wilkie Collins. — Armadale. 2 vol. . . . . 7 »
Sala. — Dame du Premier. 2 vol. . . . . 7 »
Melville. — L'Interprète. 2 vol. . . . . 7 »
Kingsley. — Alton Locke. 2 vol. . . . . 7 »
Cadol. — Contes gais. 1 vol. 3 50
Zola. — Contes à Ninon. 1 vol. 3 50
Lever. — O' Donoghue. 2 vol. . . . . 7 »
Pessard. — Les Gendarmes. 1 vol. 3 50
— Yo, ou les Principes de 1789. 1 vol. . . . 3 50
Alarcon. — Finale de Norma. 1 vol. 3 50
Buelle Pomponne. — Épopée au Brésil. 1 vol. . . . 3 50
Marco Antonio. — Vingt-ans d'Exil. 1 vol. 3 50
Arrivabene. — Mes Mémoires ou Souvenirs. 1 vol. . 3 50
Alexandre Dumas. — Crimes célèbres. 4 vol. . . . . 8 »

Paris. — Imp. Emile Voitelain et Cⁱᵉ, rue J.-J.-Rousseau.